AF240307

LE DÉCRI.

CONTE.

M. DCC. LXII.

AVERTISSEMENT.

ON aſſure que le fonds de cette hiſtoire a pris ſa ſource en Champagne. On nommoit même, autrefois, le Troyen qui en fut le principal perſonnage. On l'a racontée depuis peu, augmentée de circonſtances analogues aux affaires préſentes, & comme nouvellement arrivée à Bordeaux ; ce qui la rend plus extraordinaire, & doit lui donner un nouveau mérite.

ON auroit pu l'enrichir de Notes. Mais un auteur connu, bon poëte, &, peut-être, antagoniſte de M. DE VOLTAIRE, a fait remarquer qu'HOMERE, VIRGILE, HORACE, &c. né s'aviſoient point de faire des Notes. Ils croyoient avoir des lecteurs intelligens & capables de les entendre. On nous pardonnera bien de penſer un moment comme ces grands-hommes.

LE DÉCRI.

CONTE.

On dit que la métempsycose
Tient encore en quelques pays.
Ce n'eſt pas, je penſe, à Paris
Qu'on eſt crédule ſur la choſe.
Mais, on ſçait qu'il eſt des eſprits
De toute couleur & nuance :
Il peut bien s'en trouver en France,
Qui, d'un ſyſtême, ſoient épris,
Quelque abſurde qu'il nous paroiſſe.
Soit ignorance, ſoit pareſſe,
Bien des gens croient ce qu'on dit :
La preuve en eſt en ce récit.

Un payfan de la Garonne
Etoit d'une ame fimple & bonne,
A peu près, comme un Champenois.
(Gafcon, d'ordinaire, eft matois.
Il n'eft pas aifé de lui vendre
Du poivre, au lieu de coriandre.)
Celui-ci, voulant fe monter,
En foire, venoit d'acheter
Un baudet, le fils d'une âneffe.
Il étoit de la groffe efpèce,
Et lui coûtoit vingt-quatre écus;
Peut être quelques fois de plus :
Car, à tous marchés, il faut boire;
C'eft l'étiquette de la foire.

Quoiqu'il en foit, notre Gafcon
S'en retournoit à fa façon,
A pied, & penfant en fon ame
A ce qu'il diroit à fa femme,
Si, par caprice, elle trouvoit
Le marché trop cher. Il rêvoit,

Tenant son âne par la bride ,

Quand deux voleurs, de cœur avide ,

Apperçurent cet animal ,

Suivant son maître à pas égal.

Il n'étoit aisé d'entreprendre

De faire une alte, & de le prendre,

Du village on n'étoit pas loin ;

Quelqu'un pouvoit être témoin

De ce vol fait à force ouverte :

Or, la potence déconcerte ,

Même, les esprits les plus fins.

Comme ils étoient maîtres Gonins,

L'un d'eux trouva ce stratagême.

" Tiens, je vais me mettre moi-même ,

Dit-il à l'autre compagnon,

" A la place de cet ânon.

" Toi, vers le logis, sois son guide,

A l'instant même, il vous débride

Cet animal qui n'en dit mot.

Après quoi, sans faire le sot,

Il se met le licol en tête;

Et pas à pas, comme la bête,

Suit son homme, toujours pensant.

Le maître, à la fin, s'avisant,

Et prêt d'entrer dans le village,

Se tourne pour voir le visage

Et l'encolure du grison.

Mais, ô ciel! quelle trahison!

Quand, au lieu d'une bête asine,

Il voit & la forme & la mine

D'un homme tout semblable à lui.

Il croit rêver; comme, aujourd'hui,

Plus d'un sage se l'imagine,

Quand il voit mainte coulevrine,

Entre les mains des Parlemens,

Faire trembler certaines gens.

Le paysan, tout en extase,

A peine peut dire une phrase.

» Mon âne..... : Où l'avez-vous lié ?

L'homme, d'un air humilié,

eplique par ce coq-à-l'âne.

» C'est moi, monsieur, qui suis votre âne.

» Du moins je l'étois ce matin,
   Que vous m'achetiez, bourse en main.

» Ne vous mettez point en colère :

» Je vais dire tout le mystère

» Qui vous produit ce changement.

» Ecoutez deux mots seulement.

   »» En moi, vous voyez un Jesuite.
   Que ce nom-là ne vous irrite :

» Je ne suis plus pour vous tromper.

» Nos Pères m'ont fait occuper,

» A Bordeaux, la meilleure place

» Qui puisse exempter de besace.

» Je fus dix ans leur procureur,

» Et de moi-même assez voleur.

» Or, une affaire d'importance,

» Qui frisoit, dit-on, la *potence*,

» Avec le public m'engagea.

» Mais, bientôt, on m'en dégagea;

A v

» En me faifant changer de forme,

» Chez nous, la puiffance eft énorme ;

» Et notre illuftre Général ,

» Au monde, n'a point fon égal.

» Il commande au Pape, à Dieu même.

» En lui le pouvoir eft extrême ;

» Et, quand il parle, d'un feul mot,

» Il fait un grand homme d'un fot,

» D'un homme d'efprit, une bête.

» Il forme, ou détruit la tempête,

» Suivant que chez lui l'on a tort.

» Il a droit de vie & de mort.

» Il m'avoit prefcrit, pour ma peine,

» De quitter la figure humaine ,

» Pendant dix ans ; & , pour régal,

» De brouter comme un animal.

» La chofe n'eft pas fans exemples.

» Nous avons des livres fort amples,

» Qui nous apprennent qu'autrefois

» Plus d'un fubit les mêmes loix,

» Si vous avez lu mainte histoire,
» Vous n'aurez par de peine à croire
» Qu'un loup-garou, comme un forçat,
» Revienne à son premier état.
» Après dix ans de pénitence,
» J'ai donc repris mon existence.
    » Mais, mon argent, qui le rendra ?
» Dit le manant.   Il me faudra.....
» Ah, monsieur, c'est chose équitable,
» Dit le voleur.   Je suis bon diable.
» Que vous coûtai-je en louis d'or ?
» S'il faut vous en donner encor
» Dix par-dessus, je fais promesse
» Que, demain matin, à la caisse
» Des Bénits-Pères de Bordeaux,
» Vous aurez l'esprit en repos.
» Venez me voir à la procure.
» Demandez Père Turelure ;
» C'est le nom du pauvre docteur,
» A présent votre serviteur.

A vj

Le payfan fimple, docile,
Ou, pour le mieux dire, imbécile,
Efpérant bien avoir de quoi,
Laiffe aller l'homme fur, fa foi.
A fa femme il conte l'affaire;
Et, pour preuve la plus entière,
De l'âne il montre le licou.
Sa femme le prend pour un fou;
Dans la maifon fait le tapage;
Crie, appelle le voifinage :
Dit que fon mari perd fon bien;
Qu'il faut enfermer ce vaurien;
Qu'il diffipe, en une journée,
Plus qu'il ne gagne en une année.
Elle conte tous fes malheurs;
Et finit par verfer des pleurs.

Le Curé, qui de hafard paffe,
Croit que c'eft quelqu'un qui trépaffe,
Il s'arrête dans la maifon.
De tout fe fait rendre raifon.

Mais , quand il eut appris l'hiftoire ;

>> Moi , dit-il , qui lis le grimoire,

>> J'ai vu, fouvent, que de tels cas

>> Sont arrivés. Tout l'embarras

>> N'eft pas qu'on puiffe le comprendre,

>> Le vrai point eft de faire rendre

>> L'argent qu'il vous en a coûté.

>> J'ai lu, dans certain arrêté

>> D'un PARLEMENT, que la parole

>> De ces JESUITES eft frivole ;

>> Et que tout homme eft fort heureux,

>> Qui n'a point de prife avec eux.

>> Mais, à préfent , dame JUSTICE

>> Sçait fe moquer de leur caprice.

Ce difcours, d'un ton affez doux,

Mit la paix entre les époux.

Chacun rentra dans fa chaumière ;

Et le Pafteur au prefbytère.

LE lendemain, dès le matin,

Le maître de l'âne, incertain

Si l'on ne lui feroit pas gille ,

De son manoir , court à la ville.

Dans le chemin , il s'informoit

Si son débiteur se nommoit

Le père de La Turelure.

On lui dit ; le père De Bure.

C'étoit, en effet, le vrai nom

Du procureur de la maison,

Sçavoir de la Maison professe.

Notre homme, alors, plein d'allégresse ,

Sur le nom , croit qu'il s'est trompé;

Et, de son argent occupé,

Le compte déjà dans sa poche.

Lui-même, il se fait un reproche

De ce qu'il osoit hésiter.

» Il ne faut point se rebuter ,

» Dit-il, dans toutes les affaires.

» D'ailleurs, pour garans, j'ai les Pères ;

» On l'a, dit-on, ainsi jugé.

Il entre avec ce préjugé ;

Demande, & trouve la cellule
Du Père, qui deux pas recule ;
Quand il entend ce gros manant
Qui lui demande son argent.
» Votre argent ? dites-vous, bon-homme :
» Je ne vous connois, ni de Rome ,
» Ni de Paris, ni de Bordeaux.
» Le vin vous a rendu dispos ;
» Ou votre cerveau se dérange.
» Allez cuver votre vendange ;
» Et prenez un peu de repos.
Le manant trouve ce propos
Mauvais, tout-à-fait hors de place.
Il reprend l'histoire, & menace
Le Père de le dénoncer
Au Juge, qui peut le forcer.
» Je n'ai pas perdu la mémoire,
» Dit-il. C'est bien vous qu'âne, en foire,
» J'ai payé de vingt-quatre écus.
» Sans en rabbattre un carolus,

» Rendez : finon, je dis la chofe

» Au Public qui fera la glofe.

» Vous n'ignorez pas qu'aujourd'hui

» Vous n'êtes pas trop bien chez lui.

Le Procureur , mal à fon aife

D'entendre, au long, ce grand Nicaife

Contre lui dreffer un journal,

Crut voir d'où venoit tout le mal.

» C'eft un vrai tour de *Janfénifte*,

» Dit-il : On nous fuit à la pifte.

» Sauvons, devant cet hébêté,

» L'honneur de la Société.

» Il faut qu'avec lui je compofe.

Et, dans l'inftant même , il propofe

Douze livres au payfan.

» Douze francs ! C'eft bon pour un *Jean*....

» Comme vous , dit-il à ce Père.

» Sçachez que je m'appelle Pierre.

» Trois bons louis vous me coûtez ;

» Je veux les avoir. Ecoutez :

» C'eſt encore vous faire grace.

» Il m'en faudroit douze ; mais, paſſe

» Pour cette fois-ci ſeulement.

» Une autrefois, aſſurément,

» Je n'en rabbattrai d'une obole ;

» Je vous en donne ma parole.

Le diſciple de LOYOLA,

Obligé d'en paſſer par-là,

Lui compta cette ſomme entière ;

Lui faiſant inſtante prière

De tenir la choſe en ſecret.

» Oui dà. Je ſerai fort diſcret :

» Si ma femme n'a pas, d'avance.....

Le Père, à ce mot d'imprudence,

Eût voulu retenir l'argent.

Mais, notre homme, dans cet inſtant,

L'avoit mis dans ſa chemiſette ;

Et, voyant ſon affaire faite,

S'en alloit, le cœur ſatisfait,

Acheter un autre baudet.

Ce jour-là même, étoit la foire

Que l'on nomme de Saint-Grégoire :

Foire célèbre dans Bordeaux.

On y vendoit des bestiaux,

De tout genre & de toute espèce :

Cet homme, en voulant avoir pièce,

Tout droit aux ânes s'en alla.

A peine il y fut, que voilà

Qu'il croit voir le père De Bure.

C'étoit l'âne de l'aventure,

Que l'autre voleur amenoit

Pour en tirer le prix au net.

Celui-ci reconnoît notre homme,

» Prenez cette bête de somme,

Dit-il au paysan surpris ;

» Je puis vous en faire un bon prix.

Le bon manant regarde, hésite.

» Non ; je ne veux point d'un Jesuite :

» C'est trop sujet à caution.....

» Cependant, par compassion.

» Si sa *pénitence* est durable,

» Je pourrai..... La chose est faisable,

» Dit le voleur; c'est pour *vingt ans.*

» Quel est le prix? Quarante francs.

» Taupe : c'est affaire conclue.

» Mais, garantissez-moi la mue.

» Allez, vous serez très-content.

L'acheteur donne son argent,

Et, déjà, ne se sent pas d'aise.

Il monte sur l'âne à son aise,

Et s'en retourne à la maison.

En arrivant, il fait raison

A sa femme de ce qui reste

De l'argent. Mais la femme peste;

Et fait un double carillon.

Or, le motif, le croiroit-on?

Cet âne étoit de *contrebande.*

On seroit bientôt à l'amende;

Ou, dans peu de jours, il faudroit

Restituer ce qu'on auroit

Acheté de fa COMPAGNIE.

» J'entens, déjà, l'ARREST qu'on crie,

» Dit-elle. Vîte, hors de céans;

» Demain, il ne fera plus temps.

Au bruit que faifoit la Mégère,

L'âne, étonné, fe met à braire

D'une fingulière façon.

Le village, à cette chanfon,

Accourt. Le Curé vient lui-même;

De la femme approuve le thême:

Au mari, bien extafié,

Fait voir un décri de moitié

Sur le baudet, d'un jour à l'autre.

Puis, pérorant, comme un apôtre,

Il affure que, dans trois mois,

On ne donnera fol tournois

D'un IGNATIEN, dans la France;

Qu'on doit fe défaire, d'avance,

De ce qui vient de cette part.

A ces mots, le payfan part;

Pique fon âne, & le remène

Droit au marché, l'efprit en peine;

De fçavoir comment il pourroit

Le vendre; & combien il perdroit

Sur fi mauvaife marchandife.

La place étoit près d'une églife.

En arrivant, *Martin Baudet*,

Qui crut qu'on ne le ramenoit

Que pour le mettre à l'écurie,

La prit pour une hôtellerie;

Et s'arrêtoit obftinément.

» Bon! dit l'homme, tout juftement!

» Voilà fon ancienne manie.

» Il veut jouer la comédie:

» Mais, à préfent, foin des talens.

Alors, il lui preffe les flancs,

Le pouffe au milieu de la foire,

L'expofe en vente, tait l'hiftoire;

Et le livre au premier venu,

Pour dix écus, prix convenu.

C'étoit bien perdre une piſtole.

Or, le payſan s'en conſole

En bûvant le vin du marché,

Sûr de n'être point recherché.

Mais, dans le vin, ſa conſcience

Lui fit reproche du ſilence

Qu'il gardoit au pauvre marchand,

Qu'il trompoit à ſon eſcient.

Alors, ne pouvant plus ſe taire,

Il lui dévoile le myſtère ;

Et lui dit la raiſon pourquoi

En l'âne il n'avoit plus de foi.

L'autre, d'abord, n'en fit que rire.

Mais, craignant qu'un mal encor pire

Ne fût en lui vice d'état,

Et n'eût mis l'âne hors de combat,

Il vouloit r'avoir ſa finance.

Le payſan fait réſiſtance ;

Et, pour décider le débat

Se laiſſe conduire au JURAT,

Il redit, là , toute l'affaire.

On en rit : & , pour s'en défaire,

Le Juge les mit hors de cour.

Depuis ce temps, la fable court,

Et fe promène par le monde.

C'eft ainfi que l'efprit immonde,

Qui fait mal, à propos de rien,

Va, décriant les gens de bien.

N.

9 782329 069258